山崎貴 作
郷津春奈 絵

ジャック・オー・ランド

JACK O LAND

ユーリと魔《ま》物《もの》の笛《ふえ》

ポプラ社

むかし、ある山《やま》の上《うえ》にふしぎな街《まち》がありました。
どこもあれはてて、よどんだ空気《くうき》が流《なが》れ、とても人間《にんげん》が近《ちか》づけるような場所《ばしょ》ではありませんでしたが、でもなんだかちょっとだけ、足《あし》をふみいれてみたくなるような街《まち》でした。

おや、通《とお》りをヒョコヒョコと歩《ある》いていくのは魔物《まもの》ではありませんか。
よーく目《め》をこらしてみれば、そこにもあそこにも……。
そうです、ここは魔物《まもの》の街《まち》なのです。

なぜここが、こんな暗《くら》い街《まち》になってしまったかですって？
街《まち》のまんなかにある、ごつごつとした大《おお》きな城《しろ》が見《み》えますか？
あの城《しろ》に住《す》む街《まち》のぬし、ジャック・オーがおおいにかんけいするのです。

ジャック・オーは、むかしは、やさしくてゆかいな魔物《まもの》でした。そのころ、この街《まち》はもっと明《あか》るく、人間《にんげん》も、ときどきあそびにきていたのです。ジャック・オーは、街《まち》の魔物《まもの》たちといっしょに、にぎやかなかんげいパーティをひらいたりしていました。

でもある日《ひ》、ひどいことがおこりました。

わるい人間《にんげん》たちが、ジャック・オーをだまし、たくさんの宝《たから》ものをうばってにげたのです。

そのとき、ジャック・オーの笑顔《えがお》は、消《き》えさってしまったのだそうです。

この街《まち》はいわばジャック・オーの分身《ぶんしん》です。かれの思《おも》いで、すがたがかわります。あの日《ひ》いらい、ジャック・オーが心《こころ》をかたくとざしているため、こんなに暗《くら》く、じめじめした場所《ばしょ》になっているのです。

いまは、たった一《ひと》つのこった宝《たから》もの、「魔物《まもの》の笛《ふえ》」をまもって、あの城《しろ》のおくにとじこもっているのだそうですよ。

さて、この山《やま》のふもとには、人間《にんげん》たちがくらす小《ちい》さな村《むら》がありました。
村《むら》には、山《やま》の上《うえ》からジャック・オーのいかりやかなしみが流《なが》れこんできて、ところどころに『うたがいのふきだまり』をつくっていました。
あなたも見《み》たことがありませんか？　ならんだビルとビルのすきまにうっすらとただよう、うす暗《ぐら》い場所《ばしょ》を。
あんなのが、『うたがいのふきだまり』です。

この村《むら》に、ユーリという少年《しょうねん》がいました。両親《りょうしん》をはやくになくしたので、かんたんな仕事《しごと》をしながら、ひとりでくらしています。

ユーリはさいきん、おさななじみの少女《しょうじょ》、エルのことが、心配《しんぱい》で心配《しんぱい》でしかたがありません。

エルはなぞの病気《びょうき》にかかって、こんこんとねむりつづけていました。

いつもげんきに野山《のやま》をかけまわり、わらっていたエルが、いまは一日《いちにち》じゅう、家《いえ》のベッドによこたわったままです。

ユーリは毎日《まいにち》花《はな》をつんで、エルをみまいに行《い》きますが、エルは目《め》をとじたまま。きれいな花《はな》を見《み》ることはありません。

医者《いしゃ》は、エルは『うたがいのふきだまり』にふれてしまったのだろうといいます。エルをなおすには、「魔物《まもの》の笛《ふえ》」がひつようだと。

ドアのかげでこっそりきいていたユーリは、かなしくなりました。

だって「魔物《まもの》の笛《ふえ》」といったら、あのジャック・オーが、なによりたいせつにしている宝《たから》ものですから。

「そんなもの、どうしたら持《も》ってこられるんだろう？」

でも、ひとばんなやんだあと、ユーリはなにやらつくりはじめましたよ。

ほら、これはユーリです。

頭《あたま》にかぶっているのは、なべでつくったかぶとです。けしずみで目《め》のまわりを黒《くろ》くぬって、手《て》ぶくろには大《おお》きなつめをぬいつけて……ズボンにくっつけてあるモップのふさは、しっぽのつもりでしょうか？

こうして魔物《まもの》にばけたユーリは、
からっぽの大《おお》きなかばんをさげて
（魔物《まもの》の笛《ふえ》の大《おお》きさがわからないからだそうです）、
意気《いき》ようようと、あやしく暗《くら》い山《やま》の道《みち》を
のぼっていきました。

ニセ魔物《まもの》のユーリは、あっさり街《まち》にはいることができました。

魔物《まもの》たちは、じぶんいがいの魔物《まもの》にはきょうみがないようで、ユーリのことも、よく見《み》ていなかったのかもしれません。

すっかり安心《あんしん》していたとき、とつぜんせなかから大声《おおごえ》がしました。

「おい、そこのやつ！　オレさまがだまされると思《おも》ったら、大《おお》まちがいだぞ！」

「バレた！」

ユーリはいちもくさんににげだしました。

気《き》がつくと、ひっしに走《はし》るじぶんのよこを、一《いっ》ぴきのゴブリン魔《ま》物《もの》が、ならんで走《はし》っていました。

「よう、おまえはなにからにげてるんだ？」

「なにって……きみは？」

「おいらは、ちょいと食《く》いにげ。でもうっかり見《み》つかっちまってよう」

どうやら、へんそうがバレたと思《おも》ったのは、ユーリのはやとちりだったようです。さっきの声《こえ》は、この魔物《まもの》にむけられていたのです。

ユーリはすっかりおもしろくなって、このゴブリン魔物《まもの》をたすけてやることにしました。

「かどをまがったら、このかばんにとびこむんだ。ぼくがいうまで、ぜったいにしゃべっちゃダメだよ。それ、いち、にい、さん!!!」


追《お》ってきた大《おお》きな魔物《まもの》は、ユーリのまえで立《た》ちどまりました。

「このへんに、ゴブリン魔物《まもの》のこぞうがこなかったか?」

「あっちに走《はし》っていったやつかなぁ?」

「ほほう、じゃあおまえの、そのふくらんだかばんはナンだ?」

「これはその……空気《くうき》しかはいっていないよ。からっぽさ。ほらね」

ユーリがかばんをたたくと、ふくらんでいたかばんが、ぺちゃんこにつぶれました。

「それにほら、ひっくり返《かえ》っているだろ? なんにもはいっちゃいないよ」

「たしかにカラだな。まぎらわしいことするんじゃねえ！」

魔物《まもの》はどなって、走《はし》っていってしまいました。

「たーすかったぜぇ、あいぼう！」

下《した》から声《こえ》がします。

見《み》ると、マンホールのふたがあいて、ゴブリン魔物《まもの》が顔《かお》を出《だ》しました。

「さくせん大《だい》せいこうだね」

ゴブリン魔物《まもの》は、ユーリの手《て》をとると、ぶんぶんとふりました。

「おいら、コブっていうんだ。おまえのなまえは？」

「ぼくはユーリ」

「なんだか、人間《にんげん》みたいななまえだな」

「しょうがないだろ、そういうなまえなんだから」

「そんななまえをつけた親《おや》をうらむんだな」

「親《おや》なんて、とっくのむかしに、はやり病《やまい》で死《し》んじゃったよ」

ユーリがいうと、コブはハッとしました。

「おいらもさ。だからぬすみ食《ぐ》いなんかしてたのさ。じゃあ、おいらたち、ひとりぼっちなかまだな」

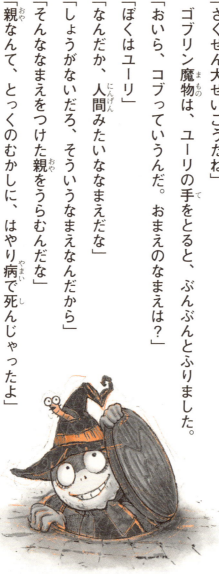

「ところでクンクン、なんだかおまえ、人間《にんげん》のにおいがするぜ」

ユーリはぎくっとしましたが、ニコニコわらってごまかしました。

「そりゃーそうさ。ふもとの村《むら》に行《い》って、人間《にんげん》の子《こ》どもをおどかしてきた帰《かえ》りなんだから」

するとコブは、いがいにも、おこりだしました。

「なんてことすんだ、バカやろ！　そういうことをするから、おいらたち魔物《まもの》は、人間《にんげん》からきらわれるんじゃねーか」

「へえ、コブは人間《にんげん》となかよくしたいのか？」

ユーリがきくと、コブはあわてました。

「しーっ、そんなこと、ものみ鳥《どり》にきかれたらどうするつもりだ？」

「ものみ鳥《どり》？」

「おまえ、魔物《まもの》のくせに知《し》らないのか？　ジャック・オーさまのスパイだよ。いつでも、いてほしくないところにかならずいる、あいつさ。ジャック・オーさまは、むかし人間《にんげん》にだまされて、人間《にんげん》のことが大《だい》っきらいになったんだ。それいらいずっと、あの城《しろ》にこもって、めったなことじゃ外《そと》に出《で》てこない」

ユーリがふりかえると、とおく街《まち》の中心《ちゅうしん》に、大《おお》きな城《しろ》が見《み》えました。

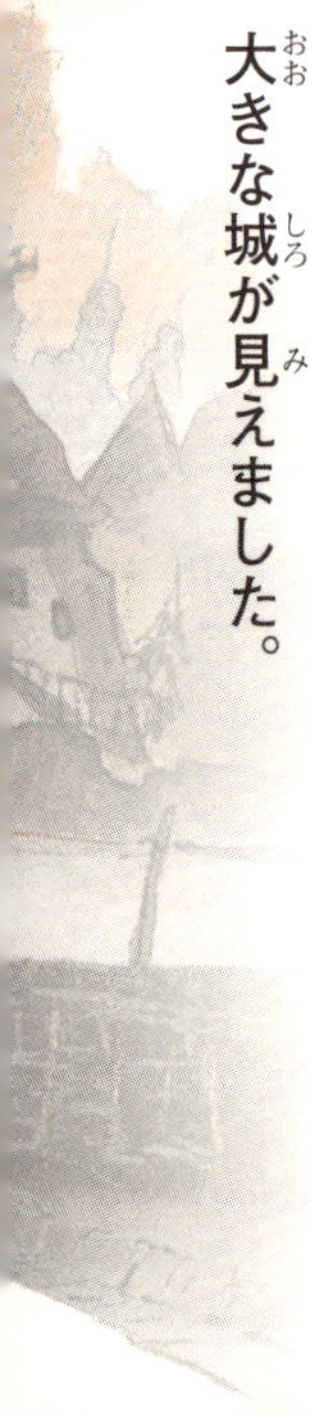

「ごつごつして、まるで鉄《てつ》のよろいを着《き》ているみたいな城《しろ》だ……。ジャック・オーはずいぶんとよわむしなんだね」

「おい、めったなことをいうもんじゃない。ジャック・オーさまはとんでもなく強《つよ》いぜ。目《め》をつけられたら、おまえなんかイチコロだぞ」

「それはこまるな。じつはぼく、魔物《まもの》の笛《ふえ》を手《て》にいれたいと思《おも》ってさ。ジャック・オーが持《も》っているんだろ?」

そのとたん、コブはあわててユーリの口《くち》をふさぎました。

そして、おそるおそる空《そら》を見上《みあ》げると、やっぱりそこには、ものみ鳥《どり》がとんでいたのです。

「ほらな、いつでも、いてほしくないところに、かならずいるんだ……」

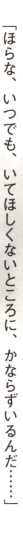

ものみ鳥《どり》の声《こえ》は、たちどころにジャック・オーの耳《みみ》にとどきました。

「ジャック・オーさまの魔物《まもの》の笛《ふえ》を
ほしがっているやつがいるよ！
ジャック・オーさまの魔物《まもの》の
笛《ふえ》をぬすもうとしている
やつがいるよ！」

ジャック・オーはいかりくるいました。
「このジャック・オーさまのさいごの宝《たから》をぬすみだすだと！
おもしろい、どんな命知《いのちし》らずのやつなのか、
この目《め》で見《み》てやろうじゃないか」
ジャック・オーは両手《りょうて》から
「おいでおいでビーム」を出《だ》しました。
ビームは城《しろ》のまどからヒュルヒュルとのび、
街《まち》にかくれたユーリのところに、
まるで生《い》きもののようにちかづいていきました。

「あれにつかまったらおしまいだぜ！」

ジャックとコブは、いっしょうけんめいにげまわります。

　おいでおいでビームが当《あ》たった、通《とお》りのがいとうやベンチが、あっというまにふきとんでいきます。

屋根《やね》のかわらがひきはがされて、まるでわたり鳥《どり》のようにれつを組《く》んでとんでいきます。

　ユーリとコブは、大《おお》きな岩《いわ》のかげにかくれて、ひと息《いき》つきました。

「ふう、ちょうどいいところに、こんな大《おお》きな岩《いわ》があってよかっ……。」

そうユーリがいいおわるかおわらないかというとき、とつぜん、岩《いわ》から手足《てあし》がはえてうごきだしました。大《おお》きな岩《いわ》だと思《おも》ったのは、大《おお》カメ魔物《まもの》のこうらだったのです。

「うわあああ！」

ひっしでにげるふたりのすがたを、ものみ鳥《どり》が見《み》つけました。

「ここだよ！　ここだよ！　ぬすっとはここだよ！」

おいでおいでビームがようしゃなくユーリにおそいかかります。

つかまえられたユーリは、あわててコブにしがみつきました。

「なにしやがるんだ、はなせって！」

とうとうビームはユーリといっしょにコブも持《も》ちあげてしまいました。

ほら、ユーリとコブが夜空《よぞら》を飛《と》んでいきますよ。
ふたりはどうなってしまうのでしょう。

城《しろ》まではこばれてきたユーリとコブは、なん年《ねん》もそうじしていなさそうな大理石《だいりせき》のゆかに、なげだされました。

ユーリがおそるおそる顔《かお》をあげると、そこにはジャック・オーが、おそろしい顔《かお》で仁王《にお》立《だ》ちしていました。

「おまえが、わしのだいじな笛《ふえ》をぬすもうとしていた、どろぼうやろうか！」

「ぬすみだすだなんて、ちがいます。ちょっとかしてほしかっただけです。ぼくのおさななじみのエルが、この街《まち》ののろいをうけて、ずっとねむったままなんです……」

ユーリがいうと、ジャック・オーは大《おお》わらいしました。

「ははは、ちょっとかしてほしいだと？　みんなさいしょはそういう。だが、人間《にんげん》というやつはなぁ、すばらしいもの、べんりなものを手《て》にすると、心《こころ》のなかに、オレたちすらびっくりするほど、みにくい魔物《まもの》が生《う》まれるんだ。そいつは耳《みみ》もとでささやく。

『もっと長《なが》くかりていてもいいんじゃないか？　あいつだって、だいじなものなら、こんなにあっさりかしてはくれないさ。きっともういらないにちがいない』。

そしてさいごには、じぶんのものにしてしまうのさ」

「そんなことはありません。ぼくはかならず返《かえ》しにきます」

「そんなウソでかためたかっこうをしている人間《にんげん》を、信用《しんよう》できると思《おも》うか？」

そのことばに、コブが目《め》をまんまるにしておどろきました。

「人間《にんげん》⁉　どういうことだ、ユーリ」
「そうなんだ。ぼく……ほんとうは人間《にんげん》なんだ」
ユーリはバツがわるそうに、
顔《かお》のけしずみをこすりおとし、
なべでこしらえたかぶとをぬぎました。

「ごめんなコブ。きみをだますつもりはなかったんだ」

「ひどいよユーリ。友《とも》だちだと思《おも》っていたのに」

「もう……人間《にんげん》の友《とも》だちなんていらないかい？」

ユーリがたずねるとコブはウーンとうなりながら、かんがえこみました。

「そんなになやむんじゃ、信用《しんよう》してもらうのはむりだね」

ユーリがつぶやいたのをきいて、コブはハッとしました。

「いいや、おいらたちは友《とも》だちだよ。おいらはもともと、人間《にんげん》となかよくなりたかったんだ」

ふたりの会話《かいわ》をきいていたジャック・オーは、大笑《おおわら》いしました。

「魔物《まもの》と人間《にんげん》が友《とも》だちに？　そんなことができるわけがあるか！」

「ジャック・オーさまがどう思《おも》おうと、おいらとユーリは友《とも》だちだよ」

「ほほう、人間《にんげん》と魔物《まもの》がなぁ」

「おまえたちがそういいはるなら、ひとつためしてみよう。わしのじょうけんをのめるなら、魔物《まもの》の笛《ふえ》をかしてやってもいい」

「ほんとうに？　ぼく、なんでもするよ」

「では、このコブとやらを、おまえの身《み》がわりにここに置《お》いていくこと。おまえが帰《かえ》ってこなかったら、こいつにはここで、めしつかいとしてはたらいてもらう」

　びっくりしたのはコブです。

「じょうだんじゃねえよ。なんでおいらが、きょうあったばっかりのこいつのために、そんな目《め》にあわなきゃならないんだ？」

　ジャック・オーは、ニヤニヤといじわるくわらいました。

「おや、おまえたちは、友《とも》だちなんじゃなかったのか？」

　コブは、だまってしまいました。

「やっぱりな。人間《にんげん》と魔物《まもの》のゆうじょうなんて、そんなもんだ。けっして、友《とも》だちになんかなれないのさ」

そのことばは、コブの心《こころ》にするどくささりました。

コブは、きょう一日《いちにち》のユーリとのできごとを思《おも》いかえしました。

すると心《こころ》のなかに、思《おも》ってもみなかった気持《きも》ちがめばえてきたのです。

「わかったよ。おいらはユーリを信《しん》じる。もしこいつが帰《かえ》ってこなかったら、おいらをめしつかいにでもなんにでもするがいいさ」

「コブ！」

「たのむぜユーリ。かならず帰《かえ》ってきてくれよな」

「やくそくするよ」

おどろいたのはジャック・オーです。

「ほんとうにそれでいいのか？　こうかいすることになるぞ」

「だってこいつは、おさななじみのために、たったひとりでこんなところまで来《き》たんだぜ。そんなやつが、うらぎるワケねえさ。もしこいつがもどってこなかったら、おいらが人《ひと》を見《み》る目《め》がなかったたってことさ」


ジャック・オーは、しかたなく箱《はこ》から魔物《まもの》の笛《ふえ》をとりだすと、ユーリにわたしました。まっくろな色《いろ》をしています。

「しかしこの笛《ふえ》、はたしておまえに使《つか》うことができるかな？」

ジャック・オーの言葉《ことば》に、ユーリは首《くび》をかしげました。

「この笛《ふえ》の魔法《まほう》をひきだすには、とくべつな力《ちから》がひつようなのだ」

「どういうこと？」

「このワシがふいても、なんの魔法《まほう》もおきないだろう。しかし、もしかすると、いまのコブなら、その力《ちから》があるかもしれんな」

こうしてユーリは、魔物《まもの》の笛《ふえ》を手《て》にいれました。
さいごにジャック・オーがいったことは気《き》になりますが……。とにかく、
いまは、この笛《ふえ》しかたよれるものはありません。

魔物《まもの》の山《やま》をおりて村《むら》にもどると、ユーリはすぐにエルの家《いえ》にかけつけました。おとなたちは大《おお》さわぎです。

「ユーリが魔物《まもの》の笛《ふえ》をもってきた！」

「よくやったな、こぞう。あのジャック・オーをうまいことだまくらかしてきたんだってな」

ユーリは、そうじゃないと思《おも》いましたが、だまっていました。

「では」

ユーリはエルのまえで、魔物《まもの》の笛《ふえ》をふきました。

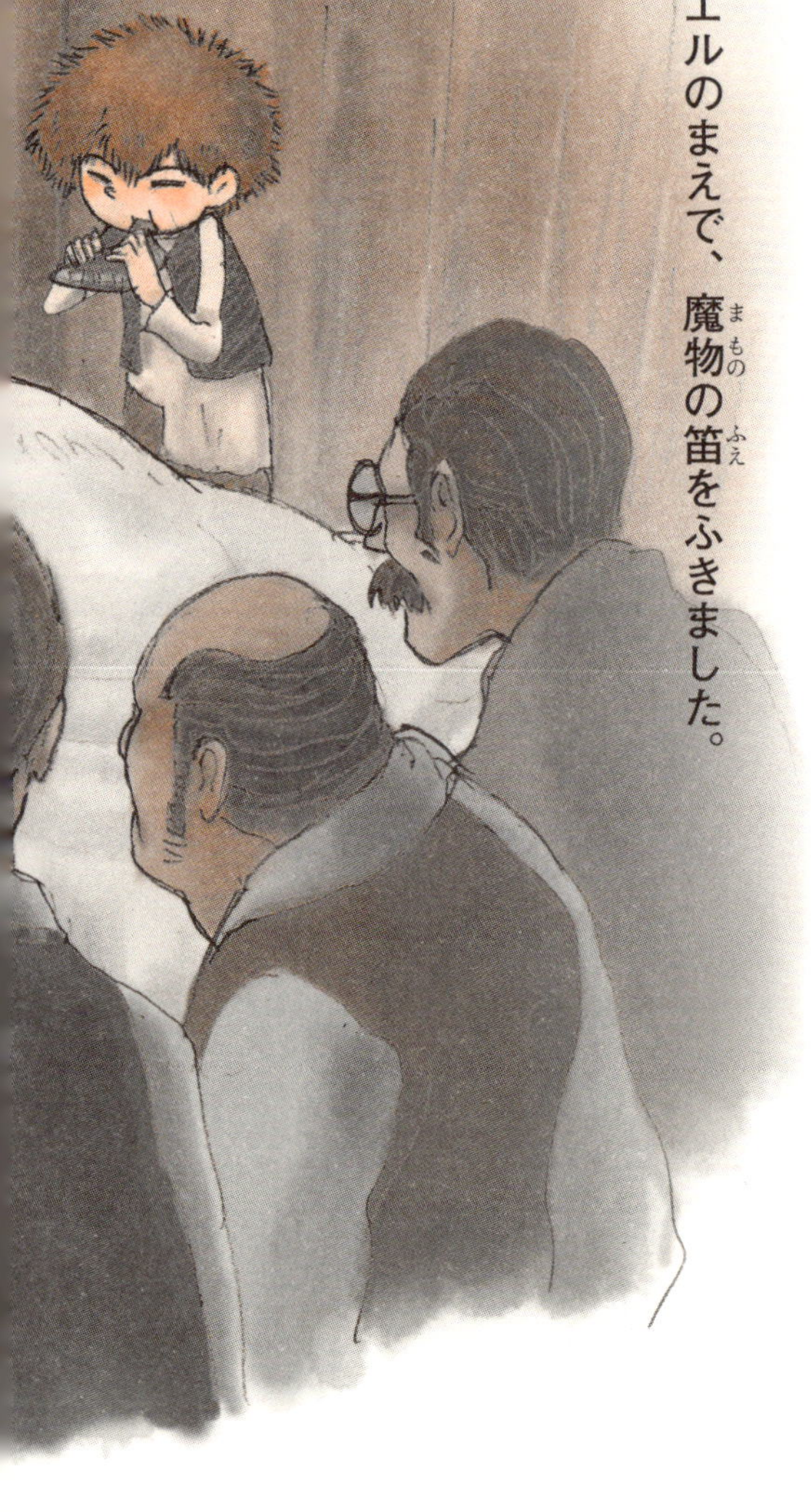

しかしどうしたことでしょう。

すすけたような、かすれたような音《おと》がでただけでした。

エルは目《め》をとじて、ねむったままです。

「なんだ、インチキかよ。子《こ》どものほら話《ばなし》につきあわされちまったぜ」

「こんな子《こ》どもが、魔物《まもの》の笛《ふえ》を手《て》に入《い》れられるわけないもんな」

おとなたちは、口《くち》ぐちにもんくをいいながら帰《かえ》っていきます。

「エルがげんきになればと思《おも》って、こんなうそをついたんだよね」

エルのかあさんはやさしくいってくれましたが、信《しん》じてはくれません。

ユーリはとほうにくれてしまいました。

「ジャック・オーは、じぶんでも、この笛《ふえ》の魔法《まほう》をひきだせないといっていたな。ジャック・オーにできないことが、ぼくにできるわけがない」

もういちど笛《ふえ》をふいてみましたが、やはり、みじめな音《おと》しかしません。

「なにがいけないんだろう?」

ユーリは、ジャック・オーのことばを、よくかんがえてみました。

「いまのコブならその力《ちから》があるかもしれないって、いってたなぁ」

じぶんやジャック・オーになくて、コブにあるのはなんだろう?

「もしかしたら……」

ユーリは、いそいでエルの家《いえ》にひきかえしました。

ねむっているエルのまえで、ユーリが魔物《まもの》の笛《ふえ》をとりだすと、まっ黒《くろ》だった笛《ふえ》が、きれいな青色《あおいろ》にかがやきはじめました。

「ぼく、この笛《ふえ》のこと、わかったんだ」

ユーリがそっと笛《ふえ》をふくと、さっきとはまったくちがう、それはうつくしい音《おと》がひびいたのです。

エルが、ゆっくりとまぶたをあけました。

「ユーリ……どうしてここにいるの?」
エルは、なつかしいえがおで、にっこりとわらいました。

さて、ものごとにはよい面《めん》があれば、かならず悪《わる》い面《めん》もあります。

エルが目《め》ざめたと聞《き》きつけたおとなたちが、つぎつぎやってきました。

「オレはさいしょから、こいつがやってくれると思《おも》っていたんだ」

「オレだって、わかっていたさ」

さんざんもんくをいったおとなたちは、手《て》のひらをかえしたように、ユーリをちやほやしはじめました。

しかも、ユーリにわる知恵《ぢえ》をおしえはじめたのです。

「笛《ふえ》をかえしにいくだって？　バカなことを」

「そのコブってのは魔物《まもの》なんだろ。おまえは人間《にんげん》だ。人間《にんげん》をたすけるのがあたりまえじゃないか」

「その笛《ふえ》さえあれば、おまえは国《くに》じゅうからそんけいされる医者《いしゃ》になれるぞ。お金《かね》もめいよもほしいままだ！」

そして、そんな言葉《ことば》をえいようにして、ユーリの心《こころ》に、ジャック・オーが予言《よげん》していた魔物《まもの》が生《う》まれたのです。
ユーリにすがたがそっくりな魔物《まもの》は、ユーリのかたにすわり、耳《みみ》もとで
ささやきました。
「このままでいいんじゃないか？」
「コブはどうせ魔物《まもの》だ。ほんとうの友《とも》だちにはなれないよ」
「魔物《まもの》の笛《ふえ》があれば、エルもよろこんでくれるし、みんな
おまえにやさしくしてくれるだろう？」
しだいにユーリも、そうかも
しれないと思《おも》いはじめました。
いまでは、ジャック・オーのことも、コブのことも、
とおいゆめのようにかんじていました。

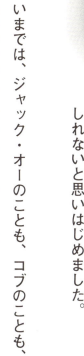

そのころ、ジャック・オーの城《しろ》では、コブがゆかみがきをしていました。

ジャックがやってきます。

「みろ。やっぱり、あの人間《にんげん》の子《こ》どもは帰《かえ》ってこなかったな」

「きっと、まだうまくいってないんだよ。あの笛《ふえ》は、そうかんたんにふけるものじゃないんだろ？」

「いや、あの笛《ふえ》の魔法《まほう》がひきだされると、この箱《はこ》がキラキラとかがやくことになっているんだ。こんなに光《ひか》っているということは、あの子《こ》どもはいちどは笛《ふえ》をふけたのだ。だがここには帰《かえ》ってこない。やっぱりあいつも、じぶんの心《こころ》に生《う》まれた魔物《まもの》に、食《く》われてしまったのさ」

コブは、いっしゅんかたをおとしましたが、すぐに気《き》をとりなおして、またそうじをはじめました。

「おいらはそうじが大《だい》すきなんだ。それにここにいれば、三度三度《さんどさんど》のめしは食《く》える。もう食《く》いにげなんかしなくていいんだ。あったかいねどこもある。ねがったりかなったりじゃないか」

ユーリが、おとなたちがなにやら相談《そうだん》しているへやの横《よこ》を通《とお》りかかると、こんな声《こえ》がきこえてきました。

「あの笛《ふえ》をうまく使《つか》えば、オレたちゃみんな、大金持《おおがねも》ちになれるぜ」

「あいつが〝ひとりぼっち〟でたすかったよ。親《おや》がいたんじゃ、こううまくはいかねえ。だがな、あの笛《ふえ》はユーリしかふけねえんだ。うまくおだてて、いうことをきいてもらわねえとな」

ユーリは、そのなかのあることばに、ハッとしました。

「……ひとりぼっち？」

ユーリの心《こころ》に、なにかがうかんでは消《き》え、またうかんでは消《き》えました。

「ぼくはなにか、とってもだいじなことをわすれちゃった気《き》がする」

いっしょうけんめい思《おも》い出《だ》そうとすると、かたにすわっている心《こころ》の魔物《まもの》が、あわててさわぎだしました。

「ユーリ、なんにも思《おも》い出《だ》さなくていいいんだよ。ここにいれば、いままでかんがえもしなかったぜいたくができるだろ?」

「うるさいぞ!」

ユーリは心《こころ》の魔物《まもの》をつかまえると、ひきだしにおしこんで、しっかりカギをかけました。

するとどうでしょう。ユーリの心《こころ》に、だいじなだいじな思《おも》い出《で》がよみがえってきたのです。

——おいらたち、ひとりぼっちなかまだなー

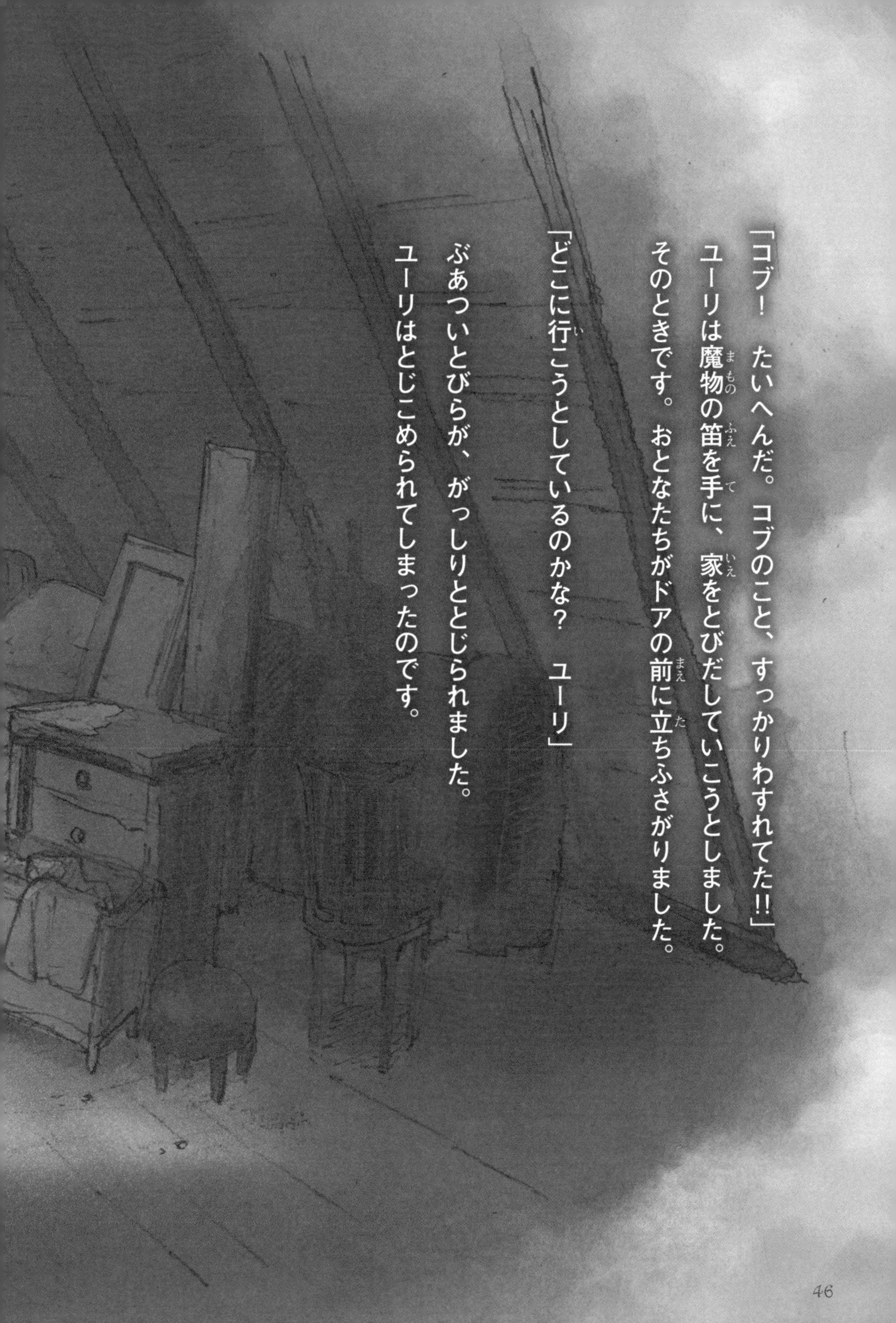

「コブ！　たいへんだ。コブのこと、すっかりわすれてた!!」
ユーリは魔物《まもの》の笛《ふえ》を手《て》に、家《いえ》をとびだしていこうとしました。
そのときです。おとなたちがドアの前《まえ》に立《た》ちふさがりました。

「どこに行《い》こうとしているのかな？　ユーリ」

ぶあついとびらが、がっしりととじられました。
ユーリはとじこめられてしまったのです。

「どうしよう……コブがたいへんなことになる」

コツン、コツン。
さっきからまどに小石《こいし》がぶつかっています。
ユーリがまどをあけて下《した》を見《み》ると、
エルが立《た》っていました。

「にげたいんでしょ。こっちよ」
エルが投《な》げてくれたロープを
つたって、ユーリが地面《じめん》におり立《た》つと、
すぐにおとなたちが見《み》つけて
かけよってきました。

ユーリは、そのおとなたちのかたに、小《ちい》さなおとなたちがこしかけている
ことに気《き》がつきました。
みんな、心《こころ》の魔物《まもの》にやられて
いたのです。
「にげよう、エル」
ユーリとエルは、子《こ》どもし
かとおれない、森《もり》のほそ道《みち》を
しっていました。
その道《みち》をとおって、二人《ふたり》は
ジャック・オーの城《しろ》にむかいます。
やくそくをはたすために。

ユーリとエルは、ようやくジャック・オーの城《しろ》につきました。

とびらをひらくと、モップをもったコブは、ぽかんと口《くち》をあけました。

「コブ、ごめん！　おそくなった！」

「わたし、エル。あなたとジャック・オーさんのおかげで、病気《びょうき》がなおったの。ありがとう」

コブは泣《な》きそうになるのをこらえて、いいました。

「わかってたよ。おまえはかならず帰《かえ》ってくるって」

ジャック・オーは、ユーリのすがたを見《み》て、うろたえました。

「そんなバカな。なぜもどってきた？」

「やくそくだからだよ。ぼくはコブとやくそくした！　だからもどってきたんだよ」

「人間《にんげん》がそんなことをするはずがない。これはなにかのまちがいだ」

「ジャック・オーさんのいったとおり、みにくい心《こころ》の魔物《まもの》はあらわれたよ。でも、ぼくはそいつに勝《か》ったんだ。

ジャック・オーさんをうらぎった人《ひと》たちも、きっとほんとうは、そんなことをしたくなかったはずだよ。ただ、すこしよわくて、心《こころ》に巣《す》くった魔物《まもの》を、たおせなかっただけなんだよ」

「あいつらも、ほんとうは、わしとなかよくしたかったというのか？」

「うん、きっと、心《こころ》のそこでは、そうだったと思《おも》うよ」

ユーリのことばを、ジャック・オーはふかくかんがえているようでした。

ユーリがかばんから、魔物《まもの》の笛《ふえ》をとりだします。

「これ」

「よくその笛《ふえ》がふけたな。ひみつの意味《いみ》がわかったのか？」

「あのとき、ぼくやジャック・オーさんはもっていなくて、コブだけがもっていたもの。それは、信《しん》じる力《ちから》でしょ」

「そのとおりだ、ユーリ」

ジャック・オーが笛《ふえ》をうけとりました。

すると、笛《ふえ》はふたたび、青《あお》く、うつくしく、かがやきだしたのです。

「おお、ワシの手《て》のなかでも、笛《ふえ》が光《ひか》っているぞ！」

コブがわらっていいます。

「そりゃ、あんなにうたがってたユーリが、ちゃんと帰《かえ》ってきたんだ。ジャック・オーさまだって、人《ひと》を信《しん》じないわけにはいかないでしょ」

ジャック・オーは大《おお》きくうなずくと、力《ちから》いっぱい笛《ふえ》をふきならしました。

するとどうでしょう、音色《ねいろ》はまばゆい光《ひかり》になって、城《しろ》をおおいはじめたのです。

まわりをかたくおおっていた、ごつごつした黒《くろ》い鉄板《てっぱん》はくずれおちて、
それはそれはうつくしい城《しろ》が、すがたをあらわしました。
そとへでたコブたちが、おどろいた顔《かお》で城《しろ》を見上《みあ》げています。
「こんなきれいな城《しろ》だったんだ……」
ジャック・オーの笛《ふえ》の音《おと》は、魔物《まもの》の街《まち》を、
つぎつぎと、きれいで明《あか》るい街《まち》にかえていきました。
街《まち》をおおっていた「うたがい」の病《やまい》が、なおったのです。

「ユーリはやくそくをまもった。コブ、おまえはもう自由《じゆう》だ」

ジャック・オーがそういうと、コブはいいました。

「でも……、おいら、もうすこし、ここにいようかな？」

「どうして!?」

コブは、おどろいたユーリとエルに、こっそりジャック・オーのひみつをおしえてくれました。

「ジャック・オーさまはホントのところ、ただのさびしがりやなんだ。ともだちをほしがっているんだよ」

「それなら、いいかんがえがある。人間《にんげん》の子《こ》どもたちをここによぼう。みんなで一日《いちにち》じゅう、たのしくすごす日《ひ》をつくろうよ」

ユーリがていあんすると、ジャック・オーはにっこりとわらいました。

「それはたのしそうだな。だが、きゅうに人間《にんげん》の子《こ》どもがやってきて、街《まち》の魔物《まもの》たちがこわがりはしないか心配《しんぱい》だ」

「だったら、その日《ひ》はみんな、魔物《まもの》にへんそうしてくるよ」

「なるほど！　ユーリがはじめてこの街《まち》にきたときのように、だな」

こうして一年《いちねん》にいちど、
人間《にんげん》がジャック・オーの街《まち》に
しょうたいされるお祭《まつ》りがはじまりました。
そうです。それがきょうです。

まもなくジャック・オーの
魔物《まもの》の笛《ふえ》がなりますよ。
街《まち》がみなさんをむかえるために、
あかりをともします。
よういはいいですか？

「さあ、わが街《まち》、ジャック・オー・ランドにようこそ！」

JACK
LAND

ジャック・オー・ランド
ユーリと魔物《まもの》の笛《ふえ》

発行　2017年9月　第1刷

作　山崎 貴
絵　郷津春奈
発行者　長谷川 均
編集　門田奈穂子
企画　千葉伸大　阿南史剛
成瀬賢佑　中島庸介
（株式会社アミューズ）
協力　守屋圭一郎（株式会社ロボット）
作画制作　池田智和（伸童舎株式会社）
作画協力　きむらひでふみ
装丁　bookwall
発行所　株式会社ポプラ社
〒160-8565　東京都新宿区大京町22-1
電話　03-3357-2305（編集）
03-3357-2212（営業）
振替　00140-3-149271
印刷・製本　中央精版印刷株式会社

ISBN978-4-591-15615-5　N.D.C.913／63P／22cm